AF466590

DISCOURS

SUR

M. LE CHEVALIER DE POUGENS,

DE L'ACADÉMIE DES INSCRIPTIONS ET BELLES-LETTRES, ET DE PLUSIEURS AUTRES SOCIÉTÉS,

PRONONCÉ

DANS UNE SOCIÉTÉ DE MORALE,

LE 7 JANVIER 1834,

PAR M. LE MARQUIS DE FORTIA,

DE L'ACADÉMIE DES INSCRIPTIONS ET BELLES-LETTRES.

A PARIS,

IMPRIMERIE DE H. FOURNIER,

RUE DE SEINE, N° 14.

1834.

DISCOURS

PRONONCÉ

DANS UNE SOCIÉTÉ DE MORALE (1),

LE 7 JANVIER 1834.

Madame et Messieurs,

Le 19 décembre dernier nous avons fait une grande perte. Marie-Charles-Joseph de Pougens, né à Paris le 15 août 1755, fut confié dans son enfance aux soins d'une

(1) Cette société se réunit chez une dame connue par des Méditations en prose, qu'elle a composées, et à la publication desquelles j'ai concouru en 1828. On ne s'y occupe que de morale.

excellente femme, madame Baugé, qui le traita comme son propre fils, sous la haute direction d'une dame de la famille des Arnauld, mariée à un parent de la marquise de Pompadour. On l'appelait madame la comtesse de Guimond. La Biographie des Contemporains s'est tue sur l'origine de Charles Pougens qui ne m'en a jamais parlé positivement, quoique j'aie été lié intimement avec lui. Mais il paraît certain que son père était Louis-François de Bourbon, prince de Conti, distingué par ses talens militaires, autant que par ses sentimens patriotiques et son goût pour les lettres.

Sa complexion délicate ne lui permit point de passer sa jeunesse au collège; on lui donna de bonne heure les maîtres les plus habiles dans les langues, la musique et la peinture; il fut élève de Greuze et de Bachelier. A douze ans il écrivit en allemand un poëme intitulé l'*Aurore*, imité de Gessner, et composa plusieurs autres ouvrages qui donnaient les plus belles espérances.

Il perdit son père le 2 août 1776, et le jeune prince de Conti conserva pour lui des sentimens de bienveillance, moins vifs sans doute, mais cependant suffisans pour qu'il dût concevoir d'assez grandes espérances de fortune. Destiné à la diplomatie, il fut envoyé à Rome cette même année 1776 pour l'étudier sous les auspices du cardinal de Bernis auquel l'avait vivement recommandé la famille royale de France. Pougens se fit bientôt chérir de son protecteur et rechercher des personages les plus distingués.

C'est là que je fis connaissance avec lui.

Né sujet du pape à Avignon, un procès considérable duquel dépendait toute ma fortune me conduisit aussi à Rome où j'arrivai le 24 mai 1777. J'y fus reçu comme un fils par le cardinal de Bernis à qui j'avais l'honneur d'appartenir, et je mangeais tous les jours à sa table. Je voyais chez lui tous les Français qui étaient à Rome et je distinguai bientôt parmi eux M. de Pougens avec qui je formai une étroite liaison. Notre goût commun pour les arts et pour les sciences nous unirent. Notre enthousiasme pour la vertu fut notre principal lien et nous nous proposions des questions de morale qui ont été l'origine de l'ouvrage dont je publie en ce moment la quatrième édition.

Dès ce mois de mai 1777, qui fut celui de mon arrivée à Rome, le chevalier de

Pougens s'occupa de plusieurs travaux. Il commença son Trésor des origines, et Dictionnaire grammatical raisonné de la langue française dont le *specimen* d'environ 500 pages in-4° parut en 1819 à Paris, et qu'il a continué depuis jusqu'à sa mort. Cet ouvrage, qui embrasse toutes les langues, est achevé, grace à M. Théodore Lorin, qui y travaille avec M. de Pougens, depuis quarante ans; ce répertoire immense contient la matière de dix volumes in-folio.

L'académie italienne de peinture, celle des sciences à Bologne, della Crusca, etc., avaient ouvert leurs portes au Savant de vingt-trois ans, lorsque la petite vérole vint tout à coup l'arrêter dans sa carrière. Mes affaires m'avaient obligé de partir de Rome pour Avignon, le 20 juin 1778.

Mais dès le 29 octobre suivant, je retournai dans la capitale du monde chrétien; le chevalier de Pougens m'avait arrêté un logement dans la maison qu'il habitait; je m'en félicitais sous tous les rapports, lorsque mon ami fut atteint de la petite vérole le 26 novembre. Ses affaires étaient de nature à n'être confiées qu'à mes sentimens pour lui. Ainsi je ne pouvais pas l'abandonner. Mais comme personne de ceux qui composaient la famille du cardinal n'avait eu cette maladie, je n'allais plus nulle part, de crainte de la leur communiquer, et je me séquestrai entièrement de la société. Le 3 décembre, s'établit une fièvre de suppuration qui fut très-violente. Le malade eut un délire de près d'une heure et sa vie fut en danger. Le 7, une seconde crise nous fit désespérer de sa vie;

il échappa de nouveau par les secours que je lui prodiguai, et dès le 9, qui était son quatorzième jour, je crus n'avoir plus rien à craindre pour sa vie. Sa tête s'égarait cependant encore quelquefois. Ce dérangement fut toujours en augmentant, depuis cette époque, et le 10 on fut obligé de lui donner l'extrême-onction au commencement de la nuit. J'imaginai de lui faire prendre des glaces qui lui firent du bien. Sa santé s'améliora; mais ses ieux étaient couverts d'une croute épaisse qui le rendait aveugle. Je fis venir de Paris un collire avec lequel je bassinais moi-même ses ieux. Je parvins à lui faire lire le titre d'un livre. Malheureusement mes affaires m'obligèrent de retourner à Avignon. Je partis le 27 avril 1779, après l'arrivée de l'abbé de la Montagne, venu exprès de

Paris pour le soigner. Cet abbé crut bien faire en menant le chevalier de Pougens à Lion, où un oculiste, prévenu en faveur de l'électricité, qui était alors à la mode, lui donna une forte commotion qui creva son meilleur œil (1); il avait alors vingt-quatre ans.

Après ce funeste voyage, il retourna à Paris, et quoique presqu'entièrement privé de la vue, il s'y adonna à l'étude avec plus d'ardeur que jamais. En 1781, il fit un voyage à Genève et vint ensuite me voir à Avignon, où j'essayai de rétablir la vue de l'œil qui lui restait. Je l'améliorai sensiblement, mais il revint à Paris où un charlatan lui creva cet œil. Il fut alors aveugle sans aucun reste d'espoir.

(1) Cet oculiste se nommait Janin.

Il ne négligea pas ses études, et, dans l'intérêt de son grand ouvrage, il obtint une mission pour l'Angleterre, où le diplomate aveugle contribua puissamment au traité de commerce conclu en 1786.

Le chevalier de Pougens avait douze mille livres de rente en actions sur la Compagnie des Indes et le prieuré de la Tour du Lai, possédé par l'abbé de la Montagne, qui le gérait pour lui. Sou projet était d'obtenir la croix de Malte, qui lui était promise; après l'accident qui le priva de la vue, il avait eu le projet de se marier dès l'an 1781; mais ce projet ne put s'accomplir.

La révolution de 1789 le ruina entièrement. Avec sa réputation et ses principes, le chevalier de Pougens ne s'adressa point aux puissans d'alors et ne se découragea pas. Il traduisit les voyages de Forster pour le libraire Buisson, et se vit réduit à un assignat de dix francs valant quatre-vingt-trois sous. Avec cela, sans associé, sans secours, il entreprit le commerce de la librairie, établit une assez bonne imprimerie, fonda un journal très-utile, et créa l'avenir de plus de cinquante pères de famille, qui vivent encore pour la plupart, bénissant son nom.

Cet état prospère ne fut pas durable. Le chevalier de Pougens, ami de madame de Beauharnais dont les salons étaient le rendez-vous du monde savant qui venait y admirer l'aveugle aussi gai qu'aimable et spirituel, se trouva subitement privé de 120,000 fr. valeur métallique, par suite de banqueroute à l'étranger. Fort de son honneur, il emprunte 40,000 fr. de Napoléon, en reçoit dix d'une dame inconnue, remplit tous ses engagemens, conserve son crédit intact, et rembourse 20,000 fr. à Napoléon qui le prie d'accepter les 20,000 autres à titre d'indemnité, et en considération des services qu'il avait rendus au commerce.

En 1805, il épousa miss Sayer, nièce de mistris Boscowen, veuve de l'amiral de ce nom, mère de la duchesse de Beaufort, et surnommée la Sévigné de l'Angleterre. En 1808, il liquida sa maison et se retira à Vaux-Buin, près de Soissons, au milieu de ses amis. C'est là que fesant le bien, usant de son crédit pour soulager toutes les infortunes, prêchant une liberté saine et progressive, une morale douce et conservatrice, dictant ou écoutant des lectures quinze heures par jour, correspondant avec les rois qui ne s'offensaient point de son langage, plein d'une franchise philosophique, rare chez les Savans des Cours, surtout chez ceux qui n'ont point de fortune, il vient de terminer sa laborieuse carrière.

Plusieurs infirmités graves, qui l'ont privé depuis trois ans du plaisir de visiter ses amis dans la capitale et de se trouver à nos assemblées, ne lui enlevèrent jusqu'à son dernier moment rien de sa gaîté, de sa patience et de son zèle pour le travail.

Sa phisionomie était noble et sérieuse, son ame pleine d'une exquise sensibilité. Sa philosophie était quelquefois un peu sardonique, et pourtant compatissante. Voici ce qu'il dit de lui-même dans la préface de ses Contes :

« Riant peu, même des sottises de mon « siècle, car il en est de certaines qui font « plutôt gémir que sourire, et les sourires

« des philosophes sont plutôt des pleurs « déguisés, je préfère le titre de bon- « homme, que m'ont donné les habitans de « ma vallée, à tous les titres pompeux. »

Il a constamment combattu l'influence temporelle du clergé, la peine de mort, l'esclavage, les punitions infamantes, et il a défendu la cause des peuples; cependant il eut une correspondance littéraire avec l'impératrice de Russie, épouse de l'empereur Alexandre, et avec l'archiduc Constantin; il fut commandeur de l'ordre de Charles III, décoré de ceux de Sainte-Anne, du Faucon, de l'aigle, etc. Il fut de l'Académie des inscriptions et belles-lettres de Paris, de celles des Pays-Bas, de Madrid, de Berlin, de Saint-Pétersbourg, de Leyde, etc. Il produisit un grand nombre d'ouvrages; parmi lesquels on distingue sa jolie Nouvelle de Jocko, son Archéologie française son Trésor des Origines, et ses travaux de philologie universelle..... et il était aveugle! (1)

NOTICE

DES OUVRAGES DE PHILOSOPHIE ET DE LITTÉRATURE

DE

CHARLES POUGENS,

Des Instituts de France, de Bologne, des Pays-Bas; des Académies della Crusca, Madrid, Saint-Pétersbourg; de la Société philosophique américaine, etc.

Ouvrages imprimés.

Vocabulaire de nouveaux privatifs français, imités des langues latine, italienne, espagnole, portugaise, allemande et anglaise; avec des au-

(1) Voyez le Constitutionnel du 26 décembre 1833.

torités tirées des meilleurs écrivains classique de ces diverses langues, suivi de la table bibliographique des auteurs cités. Paris, 1793, 1 vol. in-8.

Archéologie française, ou Vocabulaire de mots anciens tombés en désuétude, propres à être restitués au langage moderne, et qui pour la plupart se retrouvent dans les langues italienne, espagnole, anglaise, etc., accompagné d'exemples tirés des écrivains français des 12ᵉ, 13ᵉ, 14ᵉ, 15ᵉ et 16ᵉ siècles, manuscrits ou imprimés. Paris, Firmin Didot; 1821 et 1825. 2 vol. in-8.

Essai sur les antiquités du Nord et les anciennes langues septentrionales; 2ᵉ édition, suivie d'une notice d'ouvrages choisis sur les religions, l'histoire et les divers idiômes des anciens peuples du Nord. Paris, 1799, 1 vol. in-8.

Doutes et conjectures sur la déesse Nehalennia, révérée en Zélande. Paris, 1810, in-8.

Les quatre âges; 2e édition. Paris, Didot aîné, 1820, 1 vol. in-18.

N. B. Traduit en italien par monsignor de Brème, en espagnol par don ***, trad. en allemand par MM. Fred. Gleich, et Fréd. Hurter, etc.

Lettres d'un Chartreux écrites en 1755. Paris, Didot aîné, 1 vol. in-18, fig.

N. B. Trad. en allemand par le feu prince Ernest-Auguste, duc de Saxe et d'Altenbourg. *Idem.* par MM. Fréd. Gleich et Franz Kuentin, etc.; trad. en espagnol par don ***, etc.

Abel, ou les Trois frères. Paris, 1820, 1 vol. in-12.

N. B. Trad. en allemand, par M. Fréd. Gleich.

Contes du vieil ermite de la vallée de Vauxbuin. Paris, 1821, 3 vol. in-12. *Tome* Ier, les Si, les Mais, ou le Soulier de Paul Émile; Bakhticer, ou les Méprises de l'amour-propre et du cœur; Nicolas Flamel, ou le Longévite; les Erreurs de Florine, ou Conversation entre une raisonneuse et un homme simple; Timon et Azoline, ou Entretien d'un misanthrope avec une danseuse de l'Opéra. *Tome II*, le Docteur de Sorbonne et son bon génie; Alfred de Valonier, ou le Métaphysicien corrigé; Mémoires secrets d'un prêtre de Cérès; le Frère et la sœur, anecdote du tems de la minorité de Louis XV. *Tome III*, Amours, jeunesse et vanité, ou le Plaisir n'est que le pis-aller du bonheur; Eugène et d'Éricourt, ou Illusions sans plaisir; le Vizir Alhakim et son moineau, conte oriental; Verseuil et André, ou ce sont les sots qui disent les sottises; et ce sont les gens d'esprit qui les font; le Souvenir, ou Tablettes de Madame Henriette d'Angleterre, ou mon 31 décembre.

N. B. Plusieurs de ces contes ont été traduits en allemand.

Jocko, épisode détaché des lettres inédites

sur l'instinct des animaux; 3e édition. Paris, 1827, 1 vol. in-18.

N. B. Traduit en italien par M. L. Stella. Milan, 1828, in-8.

Lettres philosophiques à Madame *** sur divers sujets de morale et de littérature, dans lesquelles on trouve des anecdotes inédites sur Voltaire, J.-J. Rousseau, d'Alembert, Pechméjà, Franklin, le feu comte d'Aranda, etc., suivies d'une dissertation sur la vie et les ouvrages de Galilée et d'une notice sur quelques exemples de longévité. Paris, 1826, 1 vol. in-12.

Galerie de Lesueur, ou Collection de tableaux représentant les principaux traits de la vie de Saint-Bruno, fondateur de l'ordre des Chartreux, dessinée et gravée par G. Malbeste, accompagnée de sommaires descriptifs et des notices sur la vie de saint Bruno, et sur celle de Lesueur, par Charles Pougens. Paris, Firmin Didot, 1827, 1 vol. in-4.

Contes en vers : Pauvre Jack, ou moi-même ; Thomas et Pancrace, ou le Philosophe et le charlatan, poëme en trois chants ; Sanson et Ariste, ou l'égoïste et l'homme à caractère, etc., suivis de poësies fugitives : Portrait d'une jeune fille par un papillon ; le Caprice, le Sourire, le Soupir, etc. Paris, Firmin Didot, 1828, 1 vol. in-18.

Ouvrages manuscrits.

La religieuse de Nîmes, drame historique en un acte, seconde édition.

N. B. C'est d'après ce drame que feu M. Chénier a fait sa belle tragédie de Fénélon, ce qu'il n'a pas dissimulé dans sa préface.

Lettres de Sosthènes à Sophie, seconde édition.

N. B. Cette seconde édition est infiniment supérieure à la première. C'est d'après le manuscrit corrigé, que la célèbre dona Cécilia de Luna Folliero, de Naples, l'honneur de son sexe et de sa patrie par ses rares talens, a fait son élégante traduction italienne. Naples, Borel et compagnie, 1828, 1 vol. in-18.

Lettres à M. Ferdinand Mazzanti sur les cataclysmes ou déluges, et sur divers sujets de physique, de botanique, etc., écrites à Richmond en 1787; 2e édition.

Lettres d'un insensé.

Voyage dans les régions de l'oubli. — *Albéric et Sélénie*, ou Comme le temps passe! — *Désir et impatience*, ou Que le temps est long! que les heures sont lentes! *Les insoucians et les soucieux.*

Dialogues philosophiques entre mon chien Blitz et moi: — entre un vieillard et un jeune homme; — entre Olivier Cromwell et son fils Richard. — *Entretien* de deux diplomates en présence d'un philosophe. — La loi universelle, ou Dialogue entre une puce et un chanoine de Saint-Julien du Mans.

Dictionnaire des philosophes et des gens du monde, à l'usage des deux nations, fragment.

Caractères, maximes et pensées.

M. le chevalier de Pougens a laissé des Mémoires manuscrits qu'il n'a malheureusement pas terminés : mais les matériaux qu'il a laissés ont été réunis par son excellente amie madame Louise Brayer de Saint-Léon, qui les a mis en ordre, et très-bien rédigés. Ils seront publiés incessamment chez M. H. Fournier. On y trouvera le portrait d'un homme éminemment vertueux, dont je m'honore d'avoir été l'ami pendant cinquante-sept ans.

www.ingramcontent.com/pod-product-compliance
Ingram Content Group UK Ltd.
Pitfield, Milton Keynes, MK11 3LW, UK
UKHW020449220726
13923UKWH00005B/2429

9 782019 257453